# Maraqii Ayeeyo ee Sabtida
# Grandma's Saturday Soup

Written by Sally Fraser

Illustrated by Derek Brazell

Somali translation by Adam Jama

MANTRA
LINGUA

Subaxdii Isniinta ayaa hooyo waqti hore i kicisay.
"Toos Miimi oo dharkii dugsiga gasho."
Sariirtii baan ka soo degay aniga oo daal iyo caajis
i hayaan, markaasaan daahii dib u laabay.

Monday morning Mum woke me early.
"Get up Mimi and get dressed for school."
I climbed out of bed all sleepy and tired,
and pulled back the curtains.

Waxay ahayd subax daruuro leh oo qabaw.
Daruuraha cirku way caddaayeen oo kala
baxsanaayeen.
Waxay i xasuusiyeen wixii ku jiray
Maraqii Ayeeyo ee Sabtida.

The morning was cloudy and cold.

The clouds in the sky were white and fluffy.

They reminded me of the dumplings in Grandma's Saturday Soup.

Ayeeyo waxay ii sheegtaa sheekooyin ku saabsan Jamayka markaan gurigeeda tago.

*Grandma tells me stories about Jamaica when I go to her house.*

"Daruuraha Jamayka ayaa ugu roob badan.
Waxaad mooddaa sidii wax qasabadda cirka la
furay oo kale.
Neecawda diirran ayaa kala kaxaysa markaasaa
qorraxdu haddana soo baxdaa."

"The clouds in Jamaica bring the heaviest rain.

It's like someone has turned the tap on in the sky.

The warm breeze moves them on and the sun comes out again."

Salaasadii ayaa Aabbe dugsiga ii kaxeeyay.
Waxay ahayd maalin qabay daran leh; habeenimadii ayaa baraf dhacay.

**Tuesday** morning Dad took me to school.
The day was cold and crisp; it had snowed in the night.

Waa wax cad oo isku siman oo wuxuu u egyahay
bogga cad ee yaam la kala jaray.
Sida yaamka ku jira Maraqii Ayeeyo ee Sabtida.

It's white and smooth and looked like the inside of a sliced yam.

Just like the yam in Grandma's Saturday Soup.

Ayeeyo waxay tidhaahdaa ciidda cad ee budada ah ee xeebta taallaa waxay u egtahay baraf cusub laakiin weligeed ma qabooba.

Grandma tells me that the white powdery sand on the beaches looks like fresh snow but it's never cold.

Waxaan is waydiiyaa tollow nin
ma ka samayn karaa ciidda cad?
Sow taasi ma wacnaateen?!

I wonder if I could make a sandman with the white sand?
Wouldn't that be funny?!

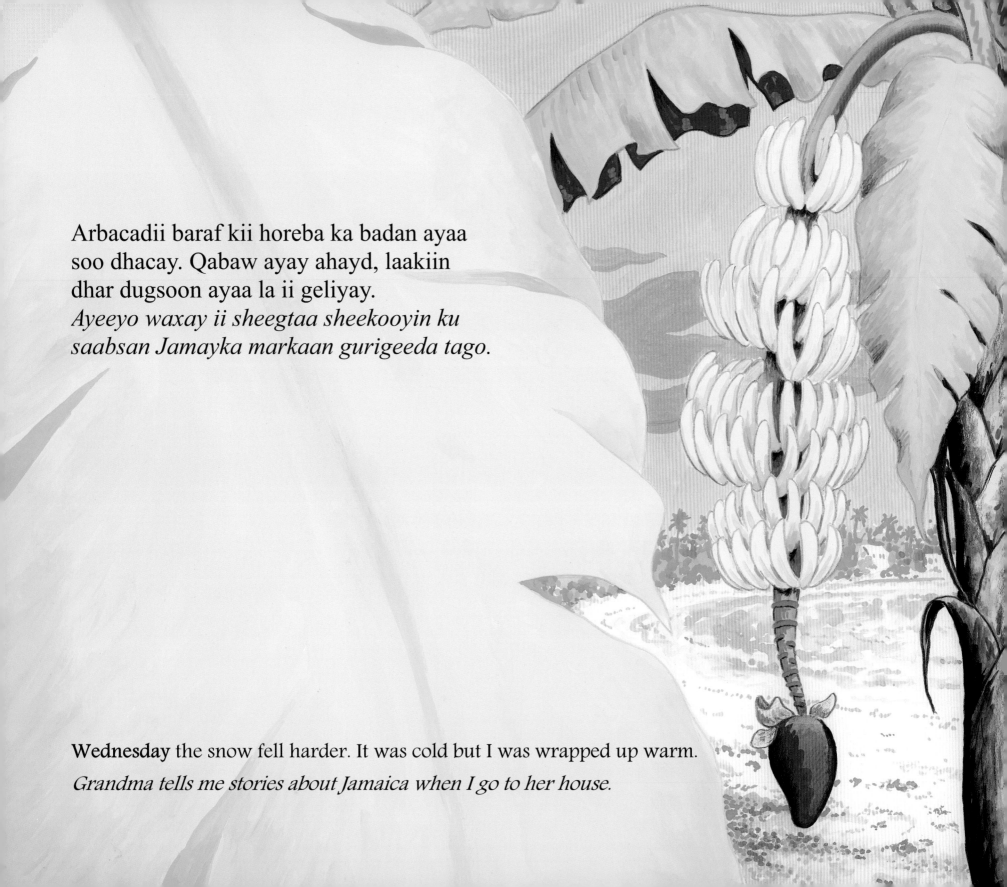

Arbacadii baraf kii horeba ka badan ayaa
soo dhacay. Qabaw ayay ahayd, laakiin
dhar dugsoon ayaa la ii geliyay.
*Ayeeyo waxay ii sheegtaa sheekooyin ku
saabsan Jamayka markaan gurigeeda tago.*

**Wednesday** the snow fell harder. It was cold but I was wrapped up warm.

*Grandma tells me stories about Jamaica when I go to her house.*

*"Maalin walba qorrax baa jirta. Qorraxda ayaa jidhkaaga diirinaysa oo waxaa la xidhaa surwaal gaaban iyo garan keliya."*
Qorrax maalin walba? Surwaal gaaban iyo garan?
Taa rumaysan karimaayo.

*"The sun shines every day. The sun is warm on your skin and you only need to wear your shorts and a T-shirt."*
Warm every day? Shorts and T-shirt? I can't believe that.

Waqtigii ciyaarta ee gelinka dambe ayaannu
barafkii kubbad ka samaynay oo isla dhacnay.

At afternoon play we made snowballs
and threw them at each other.

The snowballs remind me of the round soft potatoes in Grandma's Saturday Soup.

Kubbadihii barafku waxay i xasuusiyeen baradhadii jilicsanayd ee ku jirtay Maraqii Ayeeyo ee Sabtida.

Khamiistiina markii dugsigu dhammaaday ayaan makatabadda u raacay saaxiibadday Layla iyo hooyadeed.

On **Thursday** I went to the library after school with my friend Layla and her Mum.

Markaannu dhaafaynay beerta waxaannu sii aragnay cagaar yaryar oo madaxa kala soo dhexbaxaaya barafka. Waxay u ekaayeen basalbaarta ku jirta Maraqii Ayeeyo ee Sabtida.

As we passed the park we saw the little bulbs starting to grow. The little green shoots poked through the snow. They looked like the spring onions in Grandma's Saturday Soup.

Grandma tells me about the wonderful plants and flowers in Jamaica.
"In Jamaica the most beautiful flowers grow wild.
They are all different colours and sizes
and their smell fills the air."
I've never seen flowers like that before,
I wonder if she's only joking?

*Ayeeyo waxay iiga sheekaysaa dhirta iyo ubaxa
cajiibka ah ee ka baxa Jamayka.*
*"Ubaxa ugu quruxda badani kaynta ayuu ka
baxaa. Midabkoodu waa kala jaad, wayna kala
waawayn yihiin. Urtooda ayaa hawada beddesha."*
Weligay ubaxyo sidaas ah hore uma aan arag.
Waxaan is waydiiyaa tollow miyay ciyaaraysaa?

Jimcihii Hooyo iyo Aabbe shaqadii ayay ka daaheen.
"Dhakhso Miimi, khudaarta mid ka dooro aad dusiga u qaadato."

On **Friday** Mum and Dad are late for work.
"Hurry Mimi, choose a piece of fruit to take to school."

Maddiibaddii ayaan eegay oo khudaari ka buuxdo.
Ma waxaan doortaa liin, tufaax mise cambaruud?
Tufaaxa iyo cambaruudka: midabkooda iyo qaabkoodu wuxuu
i xasuusiyaa koo-koo-gii ku jiray Maraqii Ayeeyo ee Sabtida.

I looked at the bowl full of fruit.

Should I choose an orange, an apple or a pear?

The apple and pear; their colour and shape remind me

of the cho-cho in Grandma's Saturday Soup.

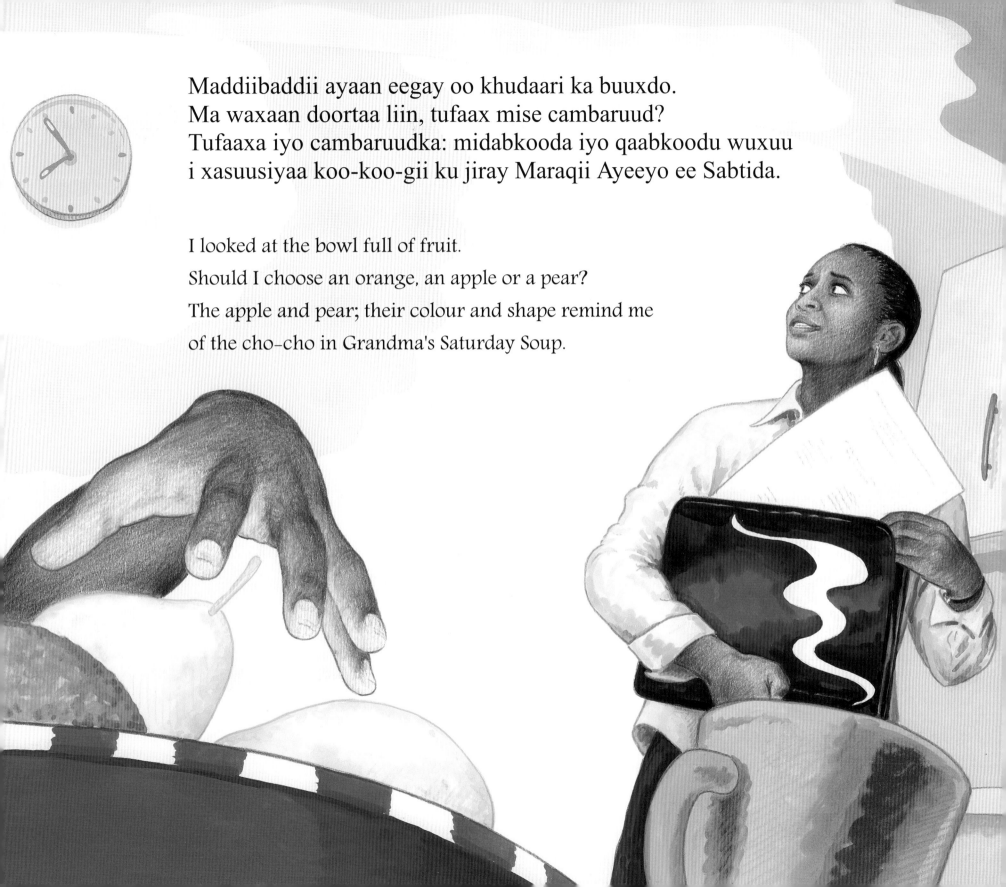

Ayeeyo waxay iiga sheekaysaa khudaarta ka baxda Jamayka.
"Jamayka inta aad dugsiga u sii lugayso ayaad khudrad dhexda
ka sii goosan kartaa, sida cambe bisil, macaan oo wacan."

Grandma tells me about the fruits in Jamaica.

"In Jamaica you can walk to school and pick a piece of fruit

from a tree, a ripe mango all juicy and sweet."

Markii dugsigu dhammaaday ayaa Hooyo iyo Aabbe filimka ii kaxeeyeen, waayo natiijo
sare ayaan keenay.
Markaannu halkii gaadhnay qorraxdu way dhalaalaysay, laakiin weli qabow ayay ahayd.
Waxaan u malaynayaa in gu'gii soo dhaw yahay.

After school, as a treat for good marks, Mum and Dad took me to the cinema.

When we got there the sun was shining, but it was still cold.

I think springtime is coming.

Filimku wuu wanaagsanaa waxaannu soo baxnay iyadoo qorraxdu markaa magaalada dusheeda ka sii dhacayso. Qorraxda sii dhacaysay waxay ahayd wax wayn oo midabka liinta leh sida unuunka ku jira Maraqii Ayeeyo ee Sabtida.

The film was great and when we came out the sun was setting over the town.
As it set it was big and orange just like the pumpkin in Grandma's Saturday Soup.

*Ayeeyo waxay iiga sheekaysaa qorrax-soobaxa iyo qorrax-siidhaca Jamayka.
"Qorraxdu waqti hore ayay soo baxdaa markaasaad dareemaysaa si
wanaagsan sidii aad maalinta diyaar u tahay."*

*Grandma tells me about the sunrise and sunsets in Jamaica.*
*"The sun rises early and makes you feel good and ready for your day."*

*"Markay dhacdo ee dayaxu soo baxo waxaa ka daba
yimaadda malyuun xiddigood oo u eg dheeman ka
dhalaalaysa cirka habeenkii."*
Malyuun xiddigood, maanaaba malayn kara tiro intaa le'eg.

*"When it sets and the moon comes out she is followed by a million stars
that look like diamonds twinkling in the night sky."*
A million stars, I can't even imagine that many.

Subaxdii Sabtida ayaan tegay dugsigii muusiqada aan ka baran jiray. Muusiqadu waxay ahayd wax qabaw oo sidii wax naxsan ah.

Saturday morning I went to my dance class. The music was slow and sad.

Ayeeyo waxay iiga sheekaysaa laxanka muusiqada kaalibsoo iyo durbaanka birta ah, iyo dadka oo ku ciyaara geed hadhkiisa. Geed cajiib ah oo caleemo dhaadheer leh oo u eg sida laagaha diirka muuska cagaaran.

"Muusiqada ayaa firfircooni ku gelinaysa markaasaad jeclaanaysaa in aad ciyaarto."

Grandma tells me about the rhythms of calypso music and steel drums, of people playing under the shade of a tree. A wonderful tree with long leaves that look like the strands of skin from a green banana.

"The music makes you happy and want to dance."

Hooyo ayaa i soo qaadday markii casharkii ii dhamaaday. Gaadhi ayaannu ku tagnay. Waddada ayaannu qaadnay oo dhaafnay dugsigaygii. Bidix ayaannu u laabannay beerta dhinaceeda oo dhaafnay maktabadda. Suuqa ayaannu ka dhex baxnay, markaasaa filimkii ka soo muuqday meel aan sidaaba u fogayn.

Mum picked me up after class. We went by car.
We drove down the road and past my school. We turned left at the park and on past the library. Through the town, there's the cinema and not much further now.

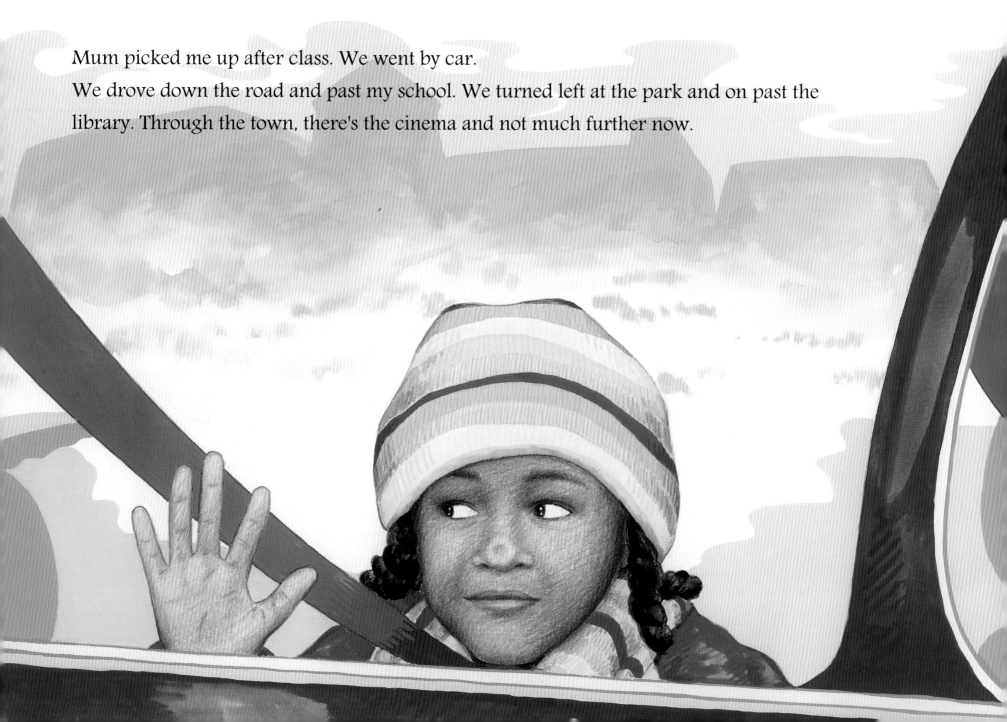

Waan gaajoonaayay. Aad baan u gaajoonaayay. Ugu dambayntii ayaannu soo gaadhnay gurigii Ayeeyo.

I was hungry. Really hungry. At last we arrived at Grandma's.

Albaabkii hore ayaan ku cararay, waxaan
uriyay ur aad u macaan.
Waxay ahayd muus cagaar ah, koo-koo
iyo yaam, bur, baradho iyo unuun…

I ran to the front door and could smell a delicious smell.
It's green bananas, cho-cho and yams, dumplings, potato,
and pumpkin…

basalbaar, digaag, waxoogaa xawaashkii Ayeeyo
ah iyo xawaashaadka digaagga lagu cabbeeyo.
Waa Maraqii Ayeeyo ee Sabtida!

spring onions, chicken, a good pinch of Grandma's
country seasoning and a lot of chicken stock.
It's Grandma's Saturday Soup!

Axaddii ayaannu dad asxaabtayada ah soo casuumnay.
Hooyo iyo Aabbe si wacan bay cuntada u karin yaqaannaan,
cuntadooduna way wanaagsan tahay laakiin adduunka oo dhan
cuntada aan ugu jeclahay waa Maraqii Ayeeyo ee Sabtida.

On **Sunday** we had friends at our house for dinner.

Mum and Dad are good cooks, their food is nice but my favourite

food in the whole wide world is **Grandma's Saturday Soup**.